www.tredition.de

AF196312

Für Matthias und Max

CHRISTIANE KONECZNY

***

HELIOS

Ein ganz besonderer Hund

www.tredition.de

Verlag und Druck: tredition GmbH, Halenreie 40-44, 22359 Hamburg

ISBN
Paperback: 978-3-347-02505-9
Hardcover: 978-3-347-02506-6
e-Book: 978-3-347-02507-3

Christiane Koneczny lebt mit ihrer Familie in dem teils beschaulichen, teils verrufenen Offenbach am Main.

Sie ist als Spätberufene auf den Hund gekommen, aber nicht vor die Hunde, sondern zum Schreiben.

Fotografieren und Bildbearbeitung sind schon lange eine große Leidenschaft und mussten daher in dieses Werk einfließen.

Inhalt

Vorwort

Als ungefähr achtjähriges Mädchen habe ich einmal ein kleines Büchlein geschrieben und mit meinen sehr kindlichen Zeichnungen geschmückt. Es handelte von gruseligen Gespenstern und Skeletten, die auf einem Dachboden ihr schauderhaftes Unwesen trieben.

Ich habe mich beim Schreiben der Geschichte sehr amüsiert und meine Eltern beim Lesen hoffentlich auch (und wenigstens ein kleines bisschen gegruselt…).

Seitdem sind gute 45 Jahre ins Land gegangen und ich hatte bis jetzt nie wieder das Bedürfnis eine Geschichte zu schreiben. Das hat sich erst durch diesen kleinen schwarzen Hund geändert.

Fast tagtäglich wird man mit neuen Dingen konfrontiert und ist gezwungen, die Konsequenzen einer großen Verantwortung zu tragen. Es passiert ständig etwas, sei es positiv oder negativ und man ist permanent dabei diese Eindrücke zu verarbeiten. Was kann besser helfen, als die Gedanken zu ordnen und niederzuschreiben?

Wir haben uns nicht einfach ein nettes und unkompliziertes Haustier angeschafft, sondern einen „etwas" schwierigen Listenhund. Die konstante Arbeit mit diesem Tier wird wahrscheinlich noch sehr lange andauern und für immer ein fester Bestandteil unserer Lebensgemeinschaft zwischen Mensch und Tier sein müssen.

Das Gute an dieser Erkenntnis ist, diese einfach irgendwann anzunehmen und sich nicht mehr über die vermeintlichen Unannehmlichkeiten aufzuregen.

Es ist durchaus wahrscheinlich, dass sich so mancher „Hundeprofi" über uns aufregt, aber was wir tun um das Tier zu resozialisieren, ist geprägt von viel Liebe, stetig wachsenden Kenntnissen über hündische Verhaltensweisen, der Körpersprache des Hundes etc.

Wir handeln oftmals intuitiv, manchmal bestimmt auch falsch, weil wir das Tier zu sehr verzärteln, aber keine Sorge, die Konsequenz für jeden falschen Ansatz müssen sowieso wir tragen. Mein Buch ist in keinerlei Hinsicht ein Ratgeber, sondern ein Appell an Hundefreunde, sich auch an Tiere mit einer schwierigen Vorgeschichte heranzuwagen. Diese Charakterköpfe geraten leider noch viel zu oft an die falschen Halter aus dem einschlägigen Milieu, denn sie entsprechen äußerlich dem Habitus dieser Klientel. American Staffordshire Terrier sind aber auch sehr menschenbezogen und daher leicht zu manipulieren. Es sind jedenfalls in den richtigen Händen ganz tolle Familienhunde, mit einem ordentlichen Sturkopf ausgestattet, aber auch mit einer Menge Charme.

Adoption

Die Entscheidung für gerade dieses Tier war gefallen und da mussten und wollten wir einfach durch.

Wir hatten schon seit vielen Jahren Tiere aus dem Tierschutz. Meerschweinchen jeglicher Rasse, wuschelige und glatte, aber leider hatten sie oftmals eines gemein.
Sie kamen nicht immer aus guter Haltung und waren z.T. auch schon älter und hatten manchmal nur eine kurze Lebensdauer.

Sich nach nur nach wenigen Monaten oder Jahren immer wieder verabschieden zu müssen hat immer sehr weh getan und nach 11 im Garten begrabenen Fellnasen hatten wir uns dafür entschieden ein anderes Haustier zu adoptieren.

Durch die mediale Aufmerksamkeit und journalistische Hasskampagnen, sowie durch regelmäßigen Konsum von Sendungen eines amerikanischen Hundetrainers hatte uns die Faszination für „starke Rassen" gepackt. Diese wunderschönen Tiere mit den markanten Köpfen und einem kräftigen Körperbau haben uns in ihren Bann gezogen.

Vielleicht erscheint es manchen Menschen befremdlich, eine Anziehung an der Optik festzumachen, aber ich denke, das ist für jeden Hundehalter das erste Kriterium, um eine Auswahl zu treffen. Wir wurden und werden immer noch hinterfragt, warum uns „solche" Hunde gefallen, einen Labrador- oder Chihuahua Halter fragt bestimmt kein Mensch.

Natürlich geht es auch um Charaktereigenschaften, Wesenszüge oder sogenannte Rassemerkmale, ob ein neues Familienmitglied zur Lebensweise und Freizeitgestaltung passt. Wir sind keine super sportlichen Menschen, die morgens schon fröhlich durch den Wald joggen und nicht die Anziehungskraft einer sonntäglichen Gammelcouch bei Regen bevorzugen, aber wir bewegen uns gerne und sind verdammt gute Gassigänger.

Natürlich scheint ein „Anlagenhund" für Hundeanfänger keine allzu gute Idee zu sein, da sich die Kraft dieser Geschöpfe mit dem ausgeprägten Eigensinn der Terrier vielleicht nicht so gut zum Einstieg eignet. Man geht mit sehr viel Vernunft an so eine Entscheidung heran, passt ein Hund in das Lebenskonzept, kann man die Zeit aufbringen ein Tier artgerecht zu versorgen, beschäftigen, ausführen. Wenn alle Fragen beantwortet sind, stellt sich noch immer die wichtige Frage: Wie funktioniert das mit einem Listenhund?

Wir sind zu keiner Antwort gekommen und haben beschlossen, uns im Tierheim „den Zahn ziehen zu lassen". Vorher einen Hund auf der Website ausgesucht (er ist übrigens nach über sechs Jahren noch immer nicht vermittelt), an diesem dann vor Ort auch Interesse bekundet und die Antwort kam sofort.
NEIN, den könnt ihr als Hundeanfänger nicht haben, der ist schwierig, aber...
Uns wurde ein anderes Tier vorgestellt, älter, entspannter und uns gegenüber ziemlich ignorant. Er war ein cremefarben/ brauner

Amstaff-Mix mit warmen braunen Augen und wie sich im Laufe der Zeit, anhand des ungarischen Chips, herausstellte ein ehemaliger Straßenhund. Wir fanden ihn nicht so toll, aber unser damals 15-jähriger Sohn war sofort verliebt.

Es gibt die Liebe auf den zweiten Blick und dieser wunderbare Kerl (und Listenhund) hat unser aller Herzen dann doch schnell im Sturm erobert und war exakt auf den Tag viereinhalb Jahre bei uns, bis wir ihn wegen eines geplatzten Milztumors gehen lassen mussten.

Er ist im Wohnzimmer, inmitten seiner Familie eingeschläfert worden und hat ein fürchterliches Loch in unser Leben gerissen.

Arkadios war ein toller Hund, hat bis auf ein paar kleine Ausfälle am Anfang, nie Probleme auf der Straße gemacht und galt als der entspannteste Hund im Viertel... „und das soll ein Kampfhund sein?". Er ist regelmäßig in einem großen Rudel gelaufen und konnte dort auch während der Urlaubszeit sehr gut untergebracht werden.

Zuhause mit Gästen und im Zusammenhang mit Essen war sein Verhalten leider nicht immer so perfekt und es war bis zum Schluss problematisch ihm zu vermitteln, dass auch unsere Besucher ein Recht auf Speisen und Getränke haben und sich in unserer Wohnung frei bewegen dürfen.

Arkadios wurde an einem schönen Tag im August eingeschläfert. Er sah im Tod so entspannt aus, von allen Schmerzen befreit und lag direkt an der offenen Balkontüre, mit der Aussicht ins Grüne. Ich habe zum Abschied ein paar Fotos gemacht und nur seine sich trübenden Pupillen haben verraten, dass er sich nicht einfach, wie hundertfach davor, nur sonnt. Wir haben uns gemeinsam mit der Tierärztin auf den Balkon gesetzt, um auf die Tier-Bestatterin zu warten und sie hat in diesem so traurigen Moment etwas sehr Schönes und Wichtiges gesagt.

Unser Hund hatte es sehr gut bei uns und er hat uns zugleich darauf vorbereitet, was danach kommt.

Sie hat Recht behalten.

Wir haben sehr getrauert und unseren Vierbeiner schrecklich vermisst, aber der Wunsch nach einem neuen Tier ist sehr schnell aufgekommen. Der Verlust eines Hundes reißt ein riesiges Loch, nicht nur emotional, sondern auch in den Alltag.

Das ganze Leben und die eingespielten Abläufe werden über den Haufen geschmissen und es bleibt eine große Leere zurück.

Unsere Fühler wurden ausgestreckt, d.h. die große Suche nach dem, für UNS, perfekten Tier hatte begonnen und die Vorstellungen oder eher der „Wunschzettel" war relativ klar umrissen.

Kein Welpe oder junger Rüpel sollte es sein, eher ein älteres und gelasseneres Tier, möglichst kastriert, hundeverträglich, stubenrein, kann alleine bleiben und darf keine Ähnlichkeit mit unserem verstorbenen Hund haben.

Das kann doch nicht so schwer sein, haben wir uns jedenfalls gedacht. Wie kann man nur so naiv sein. Alles ist anders gekommen, aber dermaßen anders und eines sei verraten, eingetroffen ist definitiv nur der Punkt mit der Ähnlichkeit.

Stecknadel im Heuhaufen oder Traumhund Suche

Das Internet wurde natürlich bemüht und sämtliche Tierheime, sowie Nothilfeseiten im Umkreis wurden gecheckt. In erster Linie wollten wir uns jedoch in dem Tierheim umsehen, in dem wir schon einmal super bei der Auswahl unseres ersten Listenhundes beraten wurden. Dort landen viele Tiere, speziell auch aus Bayern, um ihnen eine reelle Vermittlungschance zu geben.

Nachdem man dort sehr traurig war über den Tod unseres lieben alten Herren, hat man uns gleich einen jungen Hund vorgeschlagen. Leider ist der Funke nicht übergesprungen und dieses Kerlchen war zwar recht putzig, aber wo die Liebe hinfällt…

Es kam noch so mancher Vorschlag aus unserem Umfeld auf diesen oder jenen Hund, aber interessanterweise hat niemand in Betracht gezogen, dass wir eventuell keinen Listenhund mehr adoptieren möchten. Wer sich einmal in diese markanten Dickschädel verliebt hat, kommt nicht mehr so schnell davon los und wer einmal die bürokratischen Auflagen durchlaufen hat, scheut sich nicht mehr so davor, obwohl alles natürlich mit Kosten und Mühen verbunden ist.

In klaren Momenten fragt man sich immer wieder, was diese ungerechtfertigte Diskriminierung soll. Die Beißstatistiken sprechen eine andere Sprache und dieses Prozedere spült zwar Geld in die Kassen, aber die Leute, die sich solche Tiere aus „niederen Beweggründen" anschaffen, laufen immer noch in ausreichender Anzahl herum.

Wer kennt nicht die städtischen Parkanlagen in denen nachts das Gebelle groß ist und so mancher nicht offiziell gehaltene Hund ausgeführt wird und mit Artgenossen „spielen" darf.

Es ist einfacher den Hundehalter, der sich diese Hunde als Familienhund hält, finanziell bluten zu lassen, als diejenigen strafrechtlich zu verfolgen, die den Tieren fürchterliches antun.

Unsere Suche blieb so lange erfolglos, bis ich auf den Spendenaufruf eines Tierheimes für die Behandlung eines Hundes in der Tierklinik gestoßen bin. Natürlich waren auch ein paar Fotos beigefügt und es lag etwas Besonderes im Blick dieses Hundes, Wärme und Verletzlichkeit und das hat uns gleich angezogen.

Es handelte sich um einen schwarzen Staff-Mix namens „Hubert". Er war im Sommer 2018 schwer verletzt und auf das Übelste zerbissen aufgefunden, bzw. gerettet worden.

Man hatte das Tier mit einem Pferdestrick an einem Weidezaun irgendwo im Nirgendwo angebunden und es seinem Schicksal überlassen. Die Verletzungen waren hauptsächlich an den Vorderläufen und im Gesicht und all die Narben und Flecken im Fell sind noch immer sichtbar. Was müssen das für Menschen sein, die ein Lebewesen so misshandeln, aussetzen und den Tod in Kauf nehmen?

Hubert wurde in der Klinik mehrere Tage behandelt und musste sich dann noch wochenlang im Tierheim auskurieren.
Dem Zustand seiner Verletzungen, inklusive Madenbefall, nach zu urteilen, muss er mehrere Tage ohne Wasser und Futter festgebunden gewesen sein.
Jeder der mit ihm zu tun hatte, war trotz dieser schrecklichen Dinge, die man ihm angetan hatte, erstaunt über seine Menschenfreundlichkeit.
Nach der Kontaktaufnahme sind wir am Wochenende in das Tierheim gefahren, um ihn kennenzulernen.
Was sich dort präsentierte war ein ziemlich kleiner, nervöser und hibbeliger junger Hund, der durch die lange Liegezeit auch irgendwie sehr komisch gelaufen ist.
Die Hinterläufe wirkten total steif und er hat sie bei jedem Schritt irgendwie nach außen geschleudert, anstatt seine Kniegelenke zu benutzen.

Da wir die Sachkunde für unseren verstorbenen Hund abgelegt hatten und das Tierheim sowieso sehr außerhalb gelegen war, durften wir alleine mit Hubert Gassi gehen.
Dieses kleine irre Kraftpaket hat gezogen wie bescheuert, wollte gleich zu jedem Hund, wobei seine Absichten nicht so ganz klar ersichtlich waren.
Der Spaziergang war sehr anstrengend, lag es nur daran, dass wir ein altes und krankes Tier vorher an der Leine hatten oder an dem kleinen Verrückten?

Zurück im Tierheim war mir ziemlich klar, dass ich mir so einen Hund nicht gewünscht habe.
Die ehrenamtliche Pflegerin hat die Situation wohl sehr schnell erkannt und meinte wir sollten uns doch noch etwas in Ruhe in den Garten setzen und dort hat sich dann das Blatt gewendet.
Hubert hat sich zwischen uns ganz entspannt auf das Gras gelegt

und schien mit seiner Situation sehr zufrieden zu sein.

„Okay, dann werden wird nächste Woche nochmal wiederkommen und mit ihm spazieren gehen."

Wir waren insgesamt 4-mal im Tierheim, auch mit unserem inzwischen volljährigen Sohn, der schließlich auch die Sachkunde ablegen wollte und in die Entscheidung mit einbezogen war.

Eine Probewoche bei uns wurde vereinbart und bei der Abholung aus dem Tierheim hat er nicht nur seine Unterkunft, sondern auch seinen Namen verloren.

Aus Hubert wurde „Helios" (der griechische Sonnengott), wer aus so einem dunklen Loch, in der uns unbekannten Vergangenheit kommt, muss einfach mit etwas Leuchtkraft versehen werden.

Er hatte bisher wirklich nicht viel in seinem Leben mitbekommen, aber Auto fahren fand und findet er bis heute toll.

Die Fahrt in sein neues Zuhause verlief entspannt, dann ein ausgiebiger Gassigang und die Vorstellung unserer Wohnung.

Alles war furchtbar aufregend und die Gerüche unseres verstorbenen Hundes waren bestimmt in jedem Winkel fest eingebrannt. Helios musste trotz gewaschener Decken das angestammte Interieur seines Vorgängers übernehmen und war mit allem überfordert. Er hat uns gleich zu Beginn gezeigt, dass er mit einer „normalen" menschlichen Wohnsituation rein gar nichts anfangen konnte.

Das Badezimmer mit den weißen Fließen war das pure Grauen, der Staubsauger ein potentielles Opfer, geschweige denn der Fernseher. Dieses geschätzt ca. zwei Jahre alte Tier (er war definitiv jünger) wurde irgendwo gehalten, aber nicht in einer regulären menschlichen Behausung.

Wo macht ein Hund eigentlich Pipi, wenn er nicht weiß, was eine Wohnung ist und wie man sich dort benimmt?

Natürlich in dieser!

Zu Beginn erst aus Unwissenheit und dann, als wohl die Erkenntnis eingesetzt hat, dass das nicht erwünscht ist, auch mal aus Protest (gegen wen oder was?) mit einem tiefen Blick in Frauchens Augen, direkt an die Couch.

Er hat dann schnell verstanden, dass die drei bis vier Spaziergänge am Tag zur Erleichterung an diversen Bäumen und Wiesen dienen und man sein eigenes Zuhause doch besser nicht als Toilette nutzt und beschmutzt.

Obwohl es eigentlich traurig ist, dass so ein Wesen bisher so wenig lernen durfte, ist es manchmal schon lustig, was sich daraus für Situationen ergeben.

Eine Nagelfeile kann Befremdung und eine Fitness-Hantel pure Panik auslösen.

Trotzdem stand die Entscheidung fest, wir werden diesen Hund adoptieren und resozialisieren.

Hehre Worte für ein paar Laien.

Worauf haben wir uns da eingelassen, von den bürokratischen Hindernissen mal ganz abgesehen? Das örtliche Ordnungsamt hat hingegen unserer vorherigen Erfahrungen kräftig geschlampt und sämtliche eingereichten Papiere sind in den unergründlichen Briefkästen der Behörde für einige Wochen abgetaucht.

Wir haben den Hund nach der nicht perfekt gelaufenen Probewoche übernommen und mussten ihn anmelden, speziell natürlich auch für den Wesenstest.

Der Mailkontakt mit dem Amt und dem Prüfer waren rege und wir wenigstens nicht ganz auf der illegalen Seite, bei einer Kontrolle hätte es trotzdem Schwierigkeiten gegeben und das Tier mal wieder den Kürzeren gezogen und wäre ins Tierheim verbracht worden.

Das Verhalten von Helios auf der Straße war zu diesem Zeitpunkt schwierig oder kurz gesagt eine Katastrophe.

Null Leinenführigkeit, aber dafür Leinenaggressivität, jeder Rüde ein rotes Tuch und kleine Hunde potentiell unangenehm.

Zur Erinnerung: Das Tier wurde total zerbissen aufgefunden und sehr viele Narben befinden sich sehr weit unten an den Vorderläufen. Mit Hündinnen hat es wenigstens ab und zu geklappt, allerdings nur mit sehr selbstbewussten Vertreterinnen, die dem unerfahrenen Rüpel auch schnell mal Einhalt geboten haben, wenn er mal wieder explosionsartig losgestürmt ist. Wahrscheinlich wollte dieser unsichere Kerl oftmals nur einfach spielen, hat aber bedingt durch seine fehlende Sozialisation nie verstanden, wie man sich fremden Hunden normal nähert, ohne zu überschwänglich oder augenscheinlich aggressiv zu reagieren. Interessant dabei ist das Verhalten der meisten anderen Hunde. Sie haben ihn oftmals ignoriert und die Halter waren entsetzt über das Vorstürmen unseres Hundes (und wir auch).

Unser verstorbener Hund Arkadios war in einem großen Rudel kompatibel und musste regelmäßig, um auch eine Urlaubsbetreuung zu gewährleisten, in einer Hundetagesstätte untergebracht werden. Gerade im Alter hatte er oftmals überhaupt keine Lust dort den Tag zu verbringen (nur einen pro Woche) und wir hatten regelmäßig unsere Mühe ihn zu überzeugen, dass er das unbedingt möchte…
Für Helios, den jungen Hund mit einem immensen Bewegungsdrang, wäre das perfekt gewesen auf einem riesigen Freigelände mit anderen herumzutoben. Außerdem hatten wir diese Unterbringung auch mit unserem neuen Familienmitglied vor, um wenigstens einmal jährlich einen Urlaubsflieger gen Süden besteigen zu können. Wir haben der Chefin über die Herkunft und Eigenheiten von Helios berichtet und schnell stand der Verdacht im Raum, dass versucht wurde diesen Hund eventuell bei Hundekämpfen einzusetzen und er die erste „Vorbildung" dazu bereits erhalten haben könnte. Falls das so sein sollte, sei er kurz gesagt „einfach zu gefährlich für ein Rudel".
Der Verdacht hat uns sehr getroffen und falls diese Theorie sich bewahrheitet hätte, wäre das ein Grund gewesen, sich trotz aller Hoffnung, Fortschritte und Zuneigung, von dem Tier zu trennen. Kein normaler Hundehalter möchte und kann sein Leben mit einer potentiellen „Waffe" verbringen und sich tagtäglich in der Öffentlichkeit bewegen. Unsere Spaziergänge führen uns an Kin-

dergärten und Schulen vorbei und die Kontakte mit anderen Menschen insbesondere Hundehaltern haben uns immer Spaß gemacht. Ein gefährlicher Hund führt für die Halter zwangsläufig in die gesellschaftliche Isolation, weder Besuche in der eigenen Wohnung, noch Restaurantbesuche oder nur der Kontakt mit den Nachbarn im eigenen Haus könnte noch ohne Hintergedanken stattfinden.

Man quält sich mit dem Gedanken, ob ein dermaßen missbrauchtes und manipuliertes Tier nur auf andere Hunde aggressiv reagiert oder auch auf Menschen losgehen würde.

Wir haben uns das Hirn zermartert und mit vielen Zweifeln gekämpft. Kann es sein, dass noch so manch verborgenes Problem in dem Hund steckt und gibt es spezielle Trigger, um möglicherweise vorhandenes Potential zu „erwecken"?

So ein Tier würde bestenfalls in die Hände eines Profis gehören und müsste Schritt für Schritt resozialisiert werden.

Wir haben nach einem Familienhund gesucht und mussten schnellstens herausfinden, ob diese „Kampfhund-Theorie" der Wahrheit entsprach.

Der Test

In einem Tierheim im Odenwald werden teilweise sehr schwierige Tiere betreut und nicht nur die Kompetenz der Mitarbeiter, sondern auch die Haltung in unterschiedlichen Rudeln und nicht in abgeschlossenen Zwingern unterscheidet dieses Tierheim von anderen.

Uns wurde die Möglichkeit eines Tests angeboten.

D.h. unser, nur auf der Straße mit Hunden und nicht mit Menschen, unberechenbarer Hund sollte auf sein möglicherweise vorhandenes Potential getestet werden.

Nach einer gut einstündigen Autofahrt sind wir an dem schönen, aber abgelegenen Fleckchen angekommen.

Kofferraum auf, einmal kräftig Pipi machen und da standen sie schon, all die Hunde hinter den Zäunen und haben neugierig geschaut und geschnuppert.

Der Parkplatz war voller Autos und auch ein Wohnmobil stand dort. Zwei Leute saßen davor auf Campingstühlen und ein Schäferhund-Mix mit Maulkorb war daneben angeleint.

Okay, wir schienen nicht die Einzigen zu sein, die dort mit einem Problemhund eingelaufen waren.

Unser kleines Großmaul wurde ganz ruhig und zurückhaltend. Keine Pöbeleien oder ähnliches, irgendetwas an der Tierheimatmosphäre hatte ihn eingeschüchtert und Manieren zeigen lassen, obwohl man sie eigentlich in diesem Umfeld nicht vermutet hätte.

Die Begrüßung fiel kurz und freundlich aus, vorab waren telefonisch die Verdachtsmomente geklärt worden.

Den geliehenen Maulkorb durfte ich ihm flott überziehen und dann ging es durch die gut gesicherte Türe in ein Rudel unkastrierter Rüden.

Aus dem unsicheren Hund wurde ein Angsthase, der Blickkontakt mit seinen Leuten gesucht hat und nicht so recht wusste, was er tun und wie er reagieren sollte. Es dauerte nicht lange und es gab die ersten durchweg freundlichen Annäherungen einiger Rudelmitglieder. Bei einem großen schwarzen Hund war schnell der Bann gebrochen und die Zwei haben angefangen, wie die Wilden zu spielen.

Nur Spiel, keinerlei Aggression, das war ein wunderschönes Schauspiel und wir konnten von Minute zu Minute entspannter werden. So manch anderer Hund hat mal nachgesehen, was da so abgeht, aber keiner hat gestört oder sich eingemischt.

Die Beiden haben sich versonnen ihrem Toben hingegeben.

Das Resümee der Fachleute und sehr erfahrenen Mitarbeiter war eindeutig: „Dieser Hund hat nicht gekämpft und kennt die Sprache der Hunde".

Wir waren unglaublich erleichtert über diese Aussage. Das änderte zwar nichts an seinem gestörten Verhalten und unseren Erziehungsproblemen, aber wenigstens diesen Punkt konnten wir bei der Großbaustelle Hund abhaken und es all denen, die Zweifel gehegt hatten, mitteilen.
Die Leinenführigkeit und das Sozialverhalten mussten tagtäglich trainiert und geübt werden. Die Anschaffungen diesbezüglich sind ständig angewachsen, sowie die theoretischen Kenntnisse mittels entsprechender Literatur erweitert worden sind.

Wir haben uns einen Fundus an Zubehör im Laufe der Zeit zugelegt, der schon fast das normale Haushaltsbudget gesprengt hatte. Bücher, Klicker, ein neues Geschirr (Anti-Zug, aber das hat unser Hund nicht begriffen und sich stattdessen voll reingehängt), Zughalsband mit wunderschöner Stickerei (bisher immer noch nicht eingesetzt, obwohl ziemlich teuer), Halti, diverse Belohnungsleckereien usw. Auspowern ist für einen sehr agilen jungen Hund extrem wichtig und mangels Gelegenheit auf der Straße habe ich als diejenige, die den Hund tagsüber betreut, den Garten als unseren Ort der freien und stressfreien Aktivitäten, ohne die „Gefahren und Bedrohungen" der Außenwelt (für den Hund, nicht mich) auserkoren.
Natürlich kamen dann noch ein paar Agility-Utensilien dazu, aber Helios hatte das Springen über Hürden noch nicht wirklich für sich entdeckt oder eher als sinnfrei empfunden.
Dabei war und ist er ein schlaues Kerlchen und hat sofort verstanden, was ich von ihm wollte und dass man sogar Belohnungen für ein Bisschen Hüpfen einkassieren konnte.
Er ließ sich immer nur kurzzeitig motivieren, bevor diese Trainingseinheit anscheinend als total langweilig empfunden wurde.
Übrigens konnte er immer sehr exakt an der Hürde vorbeizirkeln oder gleich mitten reinrennen.
Er war lieber als wild gewordener Zerstörer unterwegs und hatte es sich anscheinend als Ziel gesetzt, sein Spielzeug in möglichst kurzer Zeit komplett zu terminieren.

Kleine Leckerchen im Gras zu erschnüffeln fand er auch immer ganz toll und hat voller Enthusiasmus seine Spürnase eingesetzt. Das Interessante an der Suche war immer seine Fähigkeit zur Konzentration und der komplette Fokus auf solch eine tolle Aufgabe.

Spielen als Solches war wegen seiner Zerstörungswut leider nicht möglich. So manches Markenspielzeug wurde innerhalb weniger Sekunden zerbissen und bei stabilen Knoten aus Seil wollte er diese nie herausrücken und hat sich total darin verbissen.

Das macht das Werfen von Spielzeug leider irgendwie unmöglich.

Wenigstens hat der Garten davon profitiert, da ich noch nie so früh im Jahr so fleißig gewesen bin und sämtliche Pflanzen zurückgeschnitten habe und auch noch alle Winterspuren beseitigen konnte. Hund und Frauchen haben diese täglichen Freiräume nach dem Gassigang sehr genossen und die fröhliche Stimmung danach hat dafür gesorgt, dass der Hund in den eigenen vier Wänden zusehends entspannter wurde und die Pipiunfälle in der Wohnung gen Null gegangen sind.

Das Verhalten in der Wohnung und unsere Bindung haben sich stark verbessert, aber es gab kaum eine positive Veränderung auf der Straße.

So wirklich richtig funktioniert hat leider zu diesem Zeitpunkt nichts, weder die heimischen Bemühungen noch die tollsten Tipps und Tricks, speziell aus dem WWW.

Da sind die vielfältigsten Hundetrainer unterwegs, aber bei einem so gearteten Tier war nicht wirklich etwas Passendes zu finden, aber manchmal wenigstens in Grundzügen die Ideen für einen neuen Ansatz.

Wenn die Angst und Panik auf der Straße mit anderen Hunden einsetzte, halfen weder der Klicker, noch ein aufmunterndes Leckerchen und eine kräftige Korrektur mittels Leinenruck ließ Helios schier unbeeindruckt.

Unsere Tierärztin ist eine eiskalt realistische Frau und meinte

dazu nur, dass es bei einem traumatisierten Tier sehr lange dauern kann, bis er angekommen ist und hat dann noch den Zeitraum von einem Jahr oder länger in den Raum geworfen.
Im besten Fall.
Manchmal bleiben die Probleme unlösbar, negative Erfahrungen wurden bei diesem Tier schon sehr früh angelegt, d.h. die wichtige Sozialisation in einem Rudel, mit dem Muttertier und den Geschwistern ist im schlimmsten Fall überhaupt nicht vollzogen worden.
Seine Herkunft war und ist ungeklärt und die Abstammung aus einer „Welpenfarm" mehr als wahrscheinlich.

Wir haben weiter an und mit unserem Hund gearbeitet. Die Entscheidung für gerade dieses Tier war gefallen und wir wollten ihn auf seinen Weg in ein normales Leben führen. Das nächste Ziel war, um den gesetzlichen Auflagen endlich zu genügen, natürlich der Wesenstest. Wir hatten bereits Erfahrungen mit unserem Vorgänger, aber der war auf der Straße extrem souverän.
Kläffer hat er ignoriert und ansonsten war er einfach mit der Ruhe und Gelassenheit eines Straßenhundes gesegnet.
Mit diesem Hund unterwegs zu sein war immer sehr entspannt und wir haben die Leute bemitleidet oder schräg angesehen, die mit ihren Hunden nicht klarkamen.
Das war im Nachhinein gesehen die pure Arroganz unsererseits. Wir dachten, wir haben es drauf und die Situation im Griff. Pustekuchen, unser neuer Hund hat uns deutlich gezeigt, dass wir weder die Situation im Griff haben, noch die Lösung an der Hand.
Für den Wesenstest haben wir weiter an der Leinenführigkeit und dem Verhalten in der Öffentlichkeit und an belebten Plätzen gearbeitet. Danach konnten wir als Ungläubige nur noch beten und auf einen guten Tag des Hundes und des Prüfers hoffen.
Der Prüfer war uns einerseits bekannt und bedingt durch unseren Mailkontakt in die Situation des Hundes eingeweiht.
Zudem muss man klar sagen, dass dieser Mann sich deutlich als

Tierschützer positioniert hat und erst einmal jedem Listenhund eine Chance auf ein geregeltes und gutes Leben innerhalb einer Familie geben möchte.
Nicht die Rasse eines Hundes zählt, sondern die Halter.

Kurz gesagt, wir haben den Wesenstest geschafft und unser Hund hat sich von seiner Schokoladenseite präsentiert. Wir haben selbstverständlich noch ein paar Verbesserungsvorschläge bezüglich der Leinenführigkeit erhalten, aber das hat sowieso unserer weiteren Planung entsprochen, schon aus reinem Selbstschutz.
20 Kg, doppelt gesichert, laut geifernd, mit voller Kraft zerrend und in die Leine beißend entspricht weder der Wunschvorstellung eines Frauchens, noch Herrchens und auch der Vierbeiner fühlt sich beim Spaziergang damit definitiv nicht wohl.
Allerdings bietet so ein Tier dem menschlichen Rudel immerhin kostenfrei ein ganzheitliches Workout. Physisch wie psychisch wird man mehrfach täglich gefordert. Massives Ziehen an der Leine und im Gegenzug der Leinenruck stärkt Oberarme und Rücken (Vorsicht! Einseitige Aktionen führen zur kompletten Verspannung des Nackenbereichs), gegen den Boden stemmen, um nicht hinterher zu fliegen oder zu straucheln... Bauch, Beine, Po...
Und erst das mentale Training. Kann man eine riesige Wut einfach weg atmen, wenn man lieber schreien möchte? Man muss und sollte ruhig und bestimmt den souveränen Rudelführer repräsentieren. Manch einer investiert viel Geld in ein entsprechendes Coaching und wir werden ständig geschult, die Selbstbeherrschung nicht zu verlieren und das hilft langfristig auch im Alltag und im Arbeitsleben. Peinlichkeit und Schamgefühl sollte man nicht überbewerten, wenn mal wieder ein kompletter Ausraster des eigenen Hundes bei einer Hundebegegnung passiert.
Eine Bemerkung wie z.B. „die haben den Hund ja überhaupt nicht im Griff" wird dann gerne über das Gekläffe der eigenen Hunde in die Runde der weiteren anwesenden Hundehalter gebrüllt. Sollte man ein Schild vor sich hertragen, auf dem die Ge-

schichte des Hundes und die Bitte um Rücksichtnahme und Zurückhaltung, insbesondere das Anleinen freilaufender unerzogener Hunde in der Stadt gebeten wird?

Im Laufe der Monate sind wir dann doch weiter zusammengewachsen und Helios hat sich besser eingefügt und auch sein Verhalten bei den Spaziergängen war nicht mehr ausschließlich von Aussetzern geprägt. An den guten Tagen konnte er an der langen Leine herumlaufen und mit den Hundemädels toben. Das Verhalten gegenüber den männlichen Vertretern hatte sich noch nicht gravierend gebessert, aber er hat es wenigstens manchmal fertiggebracht, seine potentiellen Kontrahenten zu ignorieren.
Das war zumindest ein großer Fortschritt.
Irgendwie musste es so kommen.
Ein Halterfehler, man erlebt gute Tage und Fortschritte und beginnt dem Tier etwas mehr zu vertrauen. Die „Schutzmaßnahmen" wurden eingeschränkt und anstatt Helios doppelt zu sichern und die Leine an Halsband und Geschirr zu befestigen, war der Karabiner nur am Halsband fixiert und die Leine schön lange, um mehr Bewegungsfreiheit zu ermöglichen.
Normalerweise ist zu später Stunde nichts mehr los auf der üblichen Runde, an dem besagten Abend leider schon. Ein kleiner und nicht angeleinter Hund, zugegeben ein uns seit Jahren bekannter sehr provokanter Terrier, folgte seinem Frauchen in weitem Abstand durch die Dunkelheit und die unbeobachtete Begegnung der Beiden endete in Tierarztkosten in Höhe von 60 € für uns. Was genau zwischen den Hunden die Reaktion ausgelöst hat wissen wir nicht, aber uns hat der Vorfall schrecklich leidgetan und wir haben uns gleich schuldig gefühlt.
Unser „Kampfhund" hat somit voll und ganz das Klischee des gefährlichen Hundes erfüllt.
Es hätte auch viel Schlimmer kommen können, aber der Schock hat gesessen. Natürlich kam auch kurz der Gedanke auf, den Hund aufzugeben und zurück ins Tierheim zu bringen, aber was wäre das für eine Option für dieses Tier oder uns nach vier Mo-

naten gewesen?

Ein Hund der Probleme macht und bisher so wenig in seinem Leben gelernt hat, wird ein ständiger Rückläufer bleiben und schließlich im Tierheim versauern.

Es gibt genügend Listenhunde, die dauerhaft im Tierheim hocken bleiben, da viele von ihnen, bedingt durch die jeweilige miese Vorgeschichte, einen Packen an Problemen mit sich herumtragen. Manchmal fragt man sich, ob Interessenten von solchen Problemfällen nicht zu wenig zugetraut wird.

In unserem Viertel gibt es viele Hunde aus dem Tierschutz, arme Kreaturen aus Ost- oder Südeuropa, die z.T. schwer traumatisiert sind und deren Besitzer, die wirklich alles geben, um diesen Tieren ein schönes Leben zu ermöglichen.

Wer checkt diese potentiellen Hundehalter, ob sie dieser Aufgabe überhaupt gewachsen sind?

Das Stigma der Listenhunde ist nicht nur ein gesellschaftliches Problem, sondern ein politisches und dadurch auch bürokratisches Problem. Normalität kann nur dann einkehren, wenn diese Tiere eine normale Lebensperspektive, wie andere Tierschutzfälle auch, erhalten und in verantwortungsvollen Familien leben dürfen.

Zurück zu unserem Problem:

Wie sollten wir weiter verfahren?

Wir haben für uns eine Pro- und Kontra Liste erstellt und all die vielen negativen Faktoren wurden immer wieder durch das andererseits sehr liebe Wesen des Tieres aufgehoben: Unglaublich verschmust, sehr lernwillig und empathisch mit seinem menschlichen Rudel und manchmal einfach zum Fressen süß?

Wir haben uns für diesen Hund entschieden und gehören nicht zu den Menschen die, sobald sich Probleme einstellen, sofort aufgeben.

Profihilfe

Eine Tiertrainerin bzw. ein Tiertrainer mussten her.
Die Kriterien für so eine schnelle Hilfe in der Not waren klar und per Internet und positiver Kundenresonanz ist die Wahl flott gefallen.
Der oder diejenige sollte kompetent, erfahren und möglichst schnell verfügbar sein. Ein großer und vielleicht sogar letztendlich ausschlaggebender Punkt war das Angebot der Urlaubsbetreuung auf der Homepage, ein für uns wichtiger Fakt, da uns unsere sicher geglaubte Option der Hundetagesstätte weggebrochen war. Nach der Kontaktaufnahme wurde sofort ein Haustermin bei uns in dem gewohnten Umfeld vereinbart.
Dieser Termin sollte eine erste Einschätzung, Beurteilung oder soll ich, der Einfachheit halber, gleich sagen Verurteilung des Hundes werden.

Die Trainerin hat unsere Wohnung betreten und sofort eine starke Autorität und Dominanz ausgestrahlt. Wir wurden freundlich begrüßt, der Delinquent hingegen ständig latent bedroht. Unsere Wohnung war und ist der sicherste Platz für den Hund und ein ängstliches und traumatisiertes Tier hätte sich auch aggressiv verhalten können, aber er war einfach nur extrem unsicher. Die Trainerin hat, auch aufgrund ihrer Zusatzausbildung als Heilpraktikerin, gleich eine sehr umfassende „Diagnose" von sich gegeben.

Das Tier ist nicht sozialisiert (warum nicht gleich ASOZIAL), hat anscheinend, neben den psychischen, eine Menge körperliche Probleme:

➢ Verdacht auf Nierenprobleme
➢ Probleme mit der Schilddrüse
➢ Schlecht bemuskelt

➢ Fehlstellung der Hinterläufe
➢ Verdacht auf Leberprobleme

Die weiteren abschätzigen Bemerkungen habe ich vergessen, wahrscheinlich aus Selbstschutz.

Wir haben den Ratschlag erhalten, möglichst zeitnah ein großes Blutbild bei unserer Tierärztin erstellen zu lassen. Zudem sollten wir eine, der Trainerin bekannte, Physiotherapeutin aufsuchen, um die Fehlstellung, sowie eventuelle weiter Probleme klären zu lassen. Eine Terminvergabe wäre in diesem Fall natürlich nur möglich, wenn man sich auch auf die Trainerin bezieht, da diese spezielle Dame über Monate komplett ausgebucht sei und auf diesem Gebiet sowieso eine Koryphäe. Bei solchen Empfehlungen schwingt bei mir immer das ungute Gefühl mit, dass man sich im Umfeld gegenseitig die Aufträge und zahlende Kundschaft zuschanzt. Im Übrigen wollten wir eine Physiotherapeutin einschalten, die unseren verstorbenen Hund regelmäßig behandelt hat, aber diese hätte wohl nicht den Ansprüchen genügt, obwohl wir immer sehr zufrieden mit ihr, dem Umgang mit dem Patienten und den erzielten Resultaten waren.

Nach dieser Session haben wir auf die Straße gewechselt, d.h. die Trainerstunde wurde ins wirkliche „Kriegsgebiet" verlagert. Helios hat zu diesem Zeitpunkt größtenteils noch stark an der Leine gezogen und wir konnten ihm das, mit unseren, anscheinend viel zu milden Erziehungsmethoden, nicht austreiben. Wir sind ein paar Schritte mit der Trainerin gelaufen und dann ging es mit der richtigen „Erziehung" los, die kleine Randbemerkung „hoffentlich sieht das keine Tierschutz-Uschi" wurde von uns mit einem unsicheren Lächeln quittiert.

Wenn man als Halter eines traumatisierten und schwer erziehbaren Tieres nicht mehr weiterweiß, kommt einem wirklich jede Hilfe recht. Der Hund darf keinen Zentimeter vor seinem Rudel, oder gegebenenfalls einem „alleinigen Erziehungsberechtigten" laufen und jede Zuwiderhandlung wird knallhart bestraft.

Der Rudelchef hat nur dann die volle Kontrolle, wenn er die Führung übernimmt, d.h. der Hund darf nicht vorneweg laufen und im schlimmsten Fall an der Leine ziehen. Das haben wir alles theoretisch gewusst, aber leider hat es an der Durchführung gehapert. Was dann folgte, war mehr als unschön, fest auf den Boden stampfen und dem Tier mit einer Drohgebärde anzeigen, dass es nach hinten weichen muss oder die Leine so vehement drehen bzw. schleudern, dass die Hundemarken nur so scheppern. Ich werde die angstvollen aufgerissenen Augen und die geduckte Haltung unseres Hundes nie vergessen. Diese Methoden der Trainerin haben sofort Eindruck bei ihm hinterlassen, aber das kann nicht der Weg sein, um ein unsicheres und ängstliches Tier zu erziehen. Er wurde von Menschen misshandelt und wir sollten auch zu diesem Mittel greifen, um an ihn ranzukommen und Manieren beizubringen?

Auch sein Verhalten gegenüber Artgenossen sollte natürlich auch auf den Prüfstand.

Ein American Staffordshire Rüde (ein friedlicher älterer Herr) war gerade auf seiner nachmitttäglichen Gassi Runde unterwegs und wurde unfreiwillig sofort zum Testobjekt.

Helios hat sich wie erwartet fürchterlich aufgespielt, stand auf den Hinterläufen in der Leine, hat gekeift und gebellt und es hätte nur noch gefehlt, dass er Feuer spuckt.

Der andere Hund blieb ruhig und hat wohl nicht verstanden, was dieser Mist denn sollte und ist samt Frauchen weitergezogen.

Übrigens unser Hund dreht auch jetzt noch bei jedem Zusammentreffen mit diesem Rüden fast durch.

Das Urteil der Trainerin fiel kurz und schmerzlos aus: "Der ist nur eine Luftpumpe, da ist nichts dahinter, der bläst sich einfach nur auf". Das klang für uns schon einmal richtig gut und besser als das befürchtete Fazit, dass der Hund aggressiv sei.

Allerdings und das ist bitter, schien es für die „Hunde Fachfrau" kein Thema zu sein, warum dieses Tier sich so verhält und dass sich Angst definitiv nicht mit Angst bekämpfen und in den Griff kriegen lässt. Wir haben dann noch einen Straßentermin in dem privaten Umfeld der Dame wahrgenommen und sie hat uns wieder freundlich begrüßt, den Hund aber komplett ignoriert. Keinerlei Kontaktaufnahme und dabei latente Bedrohung ihrerseits.

Wir sind gemeinsam Gassi gegangen und das Hauptaugenmerk lag natürlich auf der Leinenführigkeit. Es wurde harte Kritik an uns geübt und das können wir im Allgemeinen auch gut wegstecken, aber bei uns wohl viel zu weichen Rudelführern hat sich, getrennt voneinander, ein innerlicher Widerwillen gegen diese Frau entwickelt. Wir sollten uns mit allen Mitteln gegen dieses Tier durchsetzen, bevor er dieses bei uns tut und dürften in der Wahl der Mittel nicht zimperlich sein.
Übrigens von positiver Bestärkung war zu keinem Zeitpunkt die Rede, außer natürlich von der positiven Bestärkung des Geldbeutels dieser durchaus nicht sachverständigen Trainerin.
Gewalt war und ist kein adäquates Gegenmittel gegen Unerzogenheit, Angst und dadurch ausgelöste Panikreaktionen.
Wir haben uns von dieser „Fachfrau" getrennt, ein paar kleine Tricks abgespeichert und ihr innerlich viel Erfolg bei ihren Zukunftsplänen gewünscht. Möge sie sich mit all den netten Hunden beim Mantrailing und Reiki beschäftigen und ihre Hundetagestätte aufbauen.
Mit extrem problembelasteten und sehr unsicheren Listenhunden, die nicht bei der ersten oder zweiten Korrektur reagieren, sollte diese Trainerin sich lieber nicht beschäftigen.
Unseren Hund würden wir niemals bei so Jemandem in einer Urlaubsbetreuung unterbringen und zur Erinnerung, das war ein wichtiges Auswahlkriterium bei der Trainerwahl.

Helios mag manchmal reichlich seltsam sein, aber er ist sehr sensibel und menschenbezogen und lernt hauptsichtlich durch positive Bestärkung. Dabei sind Leckerli nicht gerade die erste Wahl, ein Lob und ein warmes Lächeln, wenn dann doch mal ein Blickkontakt zustande kommt, bringen mehr und werden positiv aufgenommen.

Auch Spielzeug ist nicht wirklich praktikabel, was in den eigenen vier Wänden so halbwegs pfleglich behandelt wird, erleidet „Draußen" ein Schütteltrauma und landet mehr oder weniger schnell (stark zerstört) unter einem geparkten Auto oder im dornigen Gebüsch.

Da lohnt sich die oftmals sehr mühsame Wiederbeschaffung leider definitiv nicht.

Die Trainerstunden haben wir beendet, aber die gesundheitlichen Probleme standen noch im Raum. Wir haben einen Termin bei unserer Tierärztin vereinbart und die Blutabnahme für das große Blutbild wurde von ihr durchgeführt. Übrigens ist unser Vierbeiner ein sehr guter und freundlicher Patient und erträgt die Prozedur, mit Maulkorb „geschmückt", obwohl das Unterfangen mit den vernarbten Vorderbeinen und der Venensuche nicht ganz so einfach von statten ging. Nun hieß es erst mal auf die Testergebnisse warten und dann die weiteren Schritte mit der Ärztin besprechen.

Die Wartezeit war spannend, nach all den Vermutungen der Trainerin hatten wir uns da nicht nur ein psychisches, sondern auch physisches Wrack an Land gezogen, welches nicht nur die Nerven ordentlich strapaziert, sondern auch massiv den Geldbeutel.

„Finanzieller Ruin durch Tierschutz Listenhund"?

Ganz so schlimm war es dann letztendlich doch nicht. Bei dem Bluttest waren die Werte der Leber und Bauchspeicheldrüse erhöht und die Diagnose der Tierärztin lautete Verdacht auf eine Lebensmittelunverträglichkeit…

Auch das wurde nochmal genau mittels Ultraschall Untersuchung in einer Tierklinik abgeklärt. Unser Vierbeiner hat die Prozedur wieder sehr lieb über sich ergehen lassen und nicht die halbe Stunde in Rückenlage und der erneute Einsatz des Maulkorbs haben ihn gestört (übrigens ohne jegliche Beruhigungsmittel), sondern die Rasur des Bäuchleins. Die junge Ärztin hat sehr gründlich gearbeitet, uns jedes Detail erklärt und war nicht nur entzückt über die Schönheit und Perfektion seiner Organe, sondern auch über das gute Benehmen unseres Hundes.

Das war endlich mal richtig positiv und aufmunternd und die Nahrungsumstellung auf Pferd, Nassfutter, Trockenfutter, Leckerlies und als Ergänzung gekochte Kartoffeln, war auch nicht wirklich schwierig in der Umsetzung, wenn auch etwas eingeschränkter in der Beschaffung. Mal so eben ein kleines Leckerli im Drogerie Fachmarkt oder Supermarkt, bzw. ein feines Stück Käse aus dem Kühlschrank waren fortan tabu.

Rassebestimmung

Das Spannende an einem Mischlingshund sind auch die durchaus fantasiebeflügelten Theorien, die die Familie so an manchem Tag entspinnt.

Was mag denn da alles drin sein? In dem Übernahmevertrag des Tierheims wurde er als Staff-Mix, Baujahr ca. 2016 deklariert, aber die meisten Tierheimschützlinge werden als Mixe beschrieben, ist wohl einfacher und „Rassefreunde", die vielleicht eine Zucht im Hinterkopf haben oder sich einfach nur profilieren möchten, werden dadurch eventuell abgeschreckt.

Jedes Körperteil und Merkmal werden genau betrachtet und jeder macht sich so seine mehr oder weniger bekloppten Gedanken, entspinnt diverse Theorien, um diese, zugegebener Weise sehr amüsiert, zu untermauern. Schon die genaue Begutachtung einer langen und schmalen Hundezunge setzt eine leicht absurde Reise in Kenntnisse der Hunderassen in Gang. Die Augenform, die Art zu liegen und dabei die Beine nach hinten zu strecken und weitere Besonderheiten werden genau registriert.

Doch diese Ungewissheit sollte nicht ewig währen, ein Test zur Rassebestimmung würde endlich die Neugierde befriedigen. Ein Gentest des Hundes dient übrigens nicht nur dem Ego der Besitzer, sondern ist hinsichtlich bestimmter rassebedingter Erkrankungen und für die Erziehung auch sehr aufschlussreich. Wir wollten das Prozedere nicht durch die Tierärztin und eine Blutabnahme durchführen lassen, sondern mittels dieser gigantischen Wattestäbchen, die per Internet bestellt und bezahlt bei uns eingetrudelt sind. Das Labor für genetische Veterinär Diagnostik hat uns den Test nicht nur schnell zugeschickt, sondern zugleich eine Gebrauchsanweisung, wie alles abzulaufen hat, um geeignetes Material zu gewinnen.

Die vier Stäbchen sollten getrennt voneinander mehrere Sekunden lang (ich habe die genaue Dauer vergessen) über die Mundschleimhaut auf der Innenseite entlang der Lefzen gerieben und gedreht werden. Gut und schön, aber was hält der Hund davon und wie macht er das Ganze mit, wenn Leckerlies verboten sind, um das Ergebnis nicht zu verfälschen? Ganz einfach, man sollte an einem Samstagabend das Fernsehprogramm oder gerne auch aufgezeichnete TV Highlights bis zum bitteren Ende ausreizen, ein paar Gläser Wein trinken und den inzwischen total fertigen und müden Hund zwischen sich auf der Couch parken. Um 2 Uhr nachts ist der Hund schon tief in seiner Traumwelt und hat keine Kraft mehr zur Gegenwehr und Herrchen und Frauchen sind schon etwas vom Wein beseelt und überlegen auch nicht mehr, ob das Ganze klappt, es klappt einfach.

Natürlich dauerte es ein paar Wochen, bis dann das Testergebnis ins Haus trudelte. Das Ergebnis war mehr als überraschend und hat uns aus den Latschen gekippt. Die vollkommen unbekannten Faktoren der Vorgeschichte und die augenscheinlich extrem miese Haltung von Helios ließen nicht darauf schließen, was er wirklich ist.

Ein, zumindest bis in die vierte Generation nachweisbar, reinrassiger American Staffordshire Terrier.

Unterschiedliche Lebensmodelle und Entscheidungen

Klar, wer sich so ein missbrauchtes und misshandeltes Tier aus dem Tierschutz zulegt, erwartet nicht einfach das gut handelbare und unbedarfte Familienmitglied, dem man eigentlich nur eine gute Erziehung angedeihen lassen muss.

Auf der Tagesordnung der „Adoptivfamilie" stehen nicht die entspannten und problemlosen Spaziergänge, eine Mitgliedschaft der örtlichen Hunde- bzw. Welpen-Schule oder das Joggen in Wald und Flur. Diese Aktivitäten entfallen vorerst (und waren eigentlich auch nur in Teilen mal so geplant) und leider auch der wichtigste Punkt, nämlich der entspannte Spaziergang, scheint noch in weiter, besser noch sehr weiter Entfernung zu liegen und entspricht eher einem Wunschtraum, als der Realität.

Man hatte alle Hände voll damit zu tun, dieses Geschöpf alltagstauglich hinzukriegen, zu erziehen, zu resozialisieren und auf das „normale" Leben vorzubereiten, gerne auch mal in Bus oder Bahn, in öffentlichen Grünanlagen und Restaurants, dort allerdings bevorzugt im Innenbereich, wenn möglich, ohne Hundegesellschaft.

Wir haben uns, wie bereits anfangs kurz erwähnt, eine Großbaustelle Namens Hund ins Haus geholt und zu Beginn die Dimensionen und nervlichen Belastungen, die bei diesem Unterfangen auf uns zukommen, durchaus unterschätzt.

Auch die enorme Angst wurde von uns unterschätzt, die ein solches Tier tagtäglich begleitet und jegliche Veränderung, Begegnung, sei es mit Tieren oder Menschen, zu einem, aus Wahrnehmung des Hundes, manchmal gefährlichen oder bedrohlichen Ereignis werden lassen. Helios hatte viele Schwierigkeiten sich mit der Umwelt zu arrangieren, nur erstaunlicherweise haben ihn Fahrräder, Roller oder andere Fortbewegungsmittel des Menschen nie gestört. Immerhin ein dicker Pluspunkt im städtischen Alltag, man muss ausnahmsweise auch mal die positiven Dinge erkennen.

Auf dem Weg zur Arbeit saß mir ein junger Mann in der S-Bahn gegenüber, nicht das jugendliche Antlitz hat mich entzückt, sondern der Aufdruck seines T-Shirts:
„Bad Decisions Make Good Storys",
dieser Spruch hat mich innerlich zum Lachen gebracht und hat dermaßen den Punkt getroffen, so ist es oder doch nicht? Die monatelange Arbeit an und mit Helios hat viele kleine und große Fortschritte gebracht und dementsprechend selbstverständlich so manchen Rückschritt, auf den man definitiv auch gerne dankend verzichtet hätte.
Dieser kleine schwarze Kerl hat unseren Alltag stark geprägt und so manche soziale Komponente des Lebens, wie Treffen mit Freunden (die Familie war immer verständnisvoll und hat sich trotz schwierigem Haustier immer mit regem Interesse und sehr wohlwollend eingefunden), mal abends ohne schlechtes Gewissen die Wohnung verlassen oder einfach mal ein Kurzurlaub waren nie so einfach machbar oder unmöglich.
Wie kann man sich nur so auf ein Familienmitglied fokussieren, und wann passt er sich uns an und nicht wir ihm mit seinen unendlich scheinenden Macken?
Zeit heilt bekanntlich alle Wunden, aber Geduld ist nicht immer die Stärke der Hundehalter, das müsste doch alles irgendwie schneller gehen.
Tut es aber nicht, aber man wächst an seinen Aufgaben und parallel dazu auch die Fachliteratur im Bücherschrank.

Urlaub mit oder ohne Hund

Jeder Zweibeiner braucht auch mal Urlaub. Ohne Hund wäre toll, wenn man eine gute Unterbringung für das Tier in der Hinterhand hätte, aber bei uns war zu diesem Zeitpunkt noch nichts in Aussicht.

Unser Helios war und ist einfach nicht mit einem Rudel kompatibel (schreibt sich übrigens inzwischen fast jede Tierpension gerne auf die Fahnen, aber was ist, wenn der Köter nicht dementsprechend sozialisiert ist und vielleicht auch niemals sein wird).
Ein extrem entspannter Urlaub auf unserer griechischen Mini Trauminsel (Name bleibt unser Geheimnis) ist mit Hund nicht machbar, also mussten vorerst Alternativen gesucht werden. Die Familienkiste, ein netter, aber recht betagter Kombi, nicht wirklich für längere Strecken vertrauenswürdig, kam also auch nicht in Betracht. Was gab es für Alternativen?
Natürlich ein WOHNMOBIL, der neue Urlaubstraum, kann man überall für viel Geld mieten und dann inklusive Hund in die Ferne ziehen. Soweit so gut, Ferne ist relativ, wenn man Autofahren nicht mag, weil Autobahnen, Staus und Unfälle unterwegs einfach kein Strandfeeling ersetzen.
Wir haben es ausprobiert und zu Beginn hat alles gut geklappt. Der Vierbeiner hatte seine eigene kleine Hütte in der sehr geräumigen mobilen Wohnkiste und fand es die ersten Tage noch richtig schön. Neue Umgebung, viele Eindrücke und ganz viele fremde Hunde, alles prima, aber die hundefreundlichen Campingplätze sind für einen schrägen Vierbeiner kein Hort der Entspannung.
Er wurde von Tag zu Tag immer angespannter und unsicherer und die Sicherheit der eigenen vier Wände hat nicht den Zwei-, sondern dem Vierbeiner gefehlt.
In unserer Wohnung hat er täglich zwar einige Stunden alleine verbracht und so manches Geräusch der Nachbarn vernommen,

aber keiner hat blöde und augenscheinlich provozierend ins Zuhause geglotzt oder das Sonnenplätzchen vor der Wohnmobiltüre ins Visier genommen.

Jeder Urlaub geht zu Ende und das ist auch manchmal gut so, wenn erst das Wetter und dann die Laune kippt.

Der Hund wurde unterwegs langsam unleidlich und ist, wieder Zuhause angekommen, vor Freude ausgeflippt.

Wir haben ihm mit dieser Art des Urlaubs, die Stabilität genommen und mit Dingen konfrontiert, die bei Helios noch immer schreckliche Ängste auslösten und seine Unsicherheit mal wieder richtig zum Vorschein gebracht hat.

Beispielhaft dafür war ein Ausflug ans Wattenmeer und den dortigen Hundestrand, bei dem wir aufgrund der widerrechtlich freilaufenden Hunde, aus Sicherheitsgründen mit dem Anlegen des Maulkorbs den Rückzug antreten mussten.

Wild spielende Hunde, die andere zum Toben auffordern möchten, sind für ein traumatisiertes Tier anscheinend nicht von angreifenden Hunden zu unterscheiden.

Wir Deppen haben gedacht, dass der ausgewiesene Leinenzwang auch eingehalten wird, aber Regeln und Verbote werden von vielen Hundehaltern erfahrungsgemäß ignoriert und normalerweise wäre mir das auch egal, aber gerade solch freie Entfaltung anderer Vierbeiner stellt für uns und „Unseren" ein riesiges Problem dar. In diesem Zusammenhang sei auch noch erwähnt, dass das Wattenmeer in Strandnähe, obwohl als Naturschutzgebiet ausgewiesen, vom Hundekot recht üppig verunreinigt war.

Mich wundert es nicht, dass es immer mehr Verbotszonen für Hunde gibt, wenn die Halter sich so ignorant verhalten. Beschissen… im wahrsten Sinne des Wortes!

Übrigens haben wir dann doch noch für einen kurzen Trip ans Mittelmeer eine nette Hundepension gefunden, bei der unser Hund zwar in „Einzelhaft" gehalten wurde, dafür aber jederzeit einen schönen und großen Auslauf zur Verfügung hatte.

Wenn das Tier nach dem Aufenthalt entspannt nach Hause kommt und sich wie vorher verhält, kann es dort auch nicht so schlimm gewesen sein.

Kastration

Das Thema Kastration stand von Beginn an im Raum. Klar, wir wären gerne den bequemen Weg gegangen und hätten einen kastrierten Rüden adoptiert.

Bei unserem Helios hat es irgendwie nie den „einfachen" Weg gegeben. Nichts war gleich so, wie man es sich gewünscht hätte. Er war für einen Hund seines Alters ein unbeschriebenes Blatt, denn er hatte augenscheinlich weder die normale Sozialisation im Rudel erfahren, noch durfte er irgendwelche Erfahrungen im Zusammenleben mit einer Familie in einem schönen Umfeld sammeln.

Weder entspannte Spaziergänge auf der Straße, gerne auch mit anderen Hundekollegen, noch die einfachsten Grundbefehle waren ihm vermittelt worden.

Wer hätte bei solch einer Tierhaltung finanzielle Mittel oder Zeit in eine Kastration investieren sollen?

Es stellen sich immer wieder einige Fragen:

Wer hat sich diesen Hund angeschafft und warum wurde er so schlecht behandelt und dann schwer verletzt ausgesetzt? Wurde nach dem Auffinden eine Anzeige erstattet, besteht eine Chance gegen diese Art der Tierquälerei einzuschreiten oder steht schon bald einem „Nachfolger" ein ähnliches Schicksal bevor?

Wir werden es nie erfahren, zumal auch der holländische Chip nicht registriert und in keiner Datenbank erfasst wurde.

Die latente Wut auf solche Halter ist immer vorhanden und wer so verantwortungslos und grausam handelt und damit auch noch ungestraft davonkommt, beschert uns oft ziemlich wüste Gedanken und Rachegelüste.

Das tut jetzt eigentlich nichts zur Sache, bzw. dem Thema Kastration.

Dazu gibt es bekanntlich sehr kontroverse Meinungen. Ohne medizinische Gründe kann und sollte dieser Eingriff nicht einfach so vorgenommen werden.

Erziehungsprobleme und Leinenaggression oder Probleme mit anderen Rüden lassen sich mit dem Entfernen der Gonaden nicht einfach so beheben, obwohl die „Ex" Hundetrainerin beim ersten Kennenlernen am Telefon sich sofort vehement für den radikalen Eingriff ausgesprochen hatte.

Die Auseinandersetzung mit dem Thema Kastration erfolgte zuerst mal wieder durch fleißige Recherche im Internet, damit man wenigstens eine Ahnung von den diversen Möglichkeiten hatte. Letztendlich konnte uns nur unsere Tierärztin nach der Begutachtung des Hundes beraten, welche „Behandlung" wohl am Sinnvollsten sei.

Ein sehr ängstliches und traumatisiertes Tier kann durch das fehlende Testosteron zum Angstbeißer werden und das Risiko der irreversiblen Kastration wollten wir nicht eingehen.

Wir haben uns für einen Halbjahres-Chip entschieden und auch in dieser Testphase war die Entscheidung für das „danach" noch nicht gefallen.

Insgesamt haben wir die Entwicklung als positiv empfunden und wollten durch das erneute chippen nach einem knappen halben Jahr unsere Zeit zum Überlegen hinauszögern und das absehbare hormonelle Chaos bei Auslaufen des Chips vorerst noch verhindern.

Unsere Spaziergänge wurden nach den üblichen Wochen Wartezeit, bis der Kastrationschip seine volle Wirkung entfaltete, insgesamt deutlich entspannter.

Sie glichen nicht mehr einer Patrouille in „Feindes Land", bei der Panikattacken durch fallendes Laub oder ähnlich furchtbare Gegebenheiten ausgelöst werden konnten.

Jeder gesichtete Artgenosse führte bis zu diesem Zeitpunkt zu einem heftigen Ausbruch nach Helios Art. In der Leine und dem obligatorischen Geschirr stehend, selten bellend, dafür keuchend und geifernd, wie ein Wesen aus dem Vorhof der Hölle, hat er

auf jeden fremden Vierbeiner, insbesondere Rüden reagiert.
Natürlich änderte der Chip rein gar nichts an der Erziehung, aber
er ermöglichte zumindest ein Durchkommen an den Hund. Dieser
reagierte anfangs, ohne den permanenten Stress, eher auf den
Menschen am anderen Ende der Leine und somit auch auf Korrekturen oder gegebenenfalls Beschwichtigungen.

Es gab also, zumindest in diesem Punkt, durchaus Gutes zu berichten, aber in rein körperlicher Hinsicht hatte sich bei Helios
einiges zum Negativen verändert.
Das Hautbild verschlechterte sich merklich, ständig bildeten sich
Pusteln an irgendwelchen Körperstellen. Unser attestierter Futtermittelallergiker war sowieso schon komplett auf das Monoprotein „Pferd" umgestellt und wir haben uns immer sehr brav an die
strenge Ernährungsweise gehalten.
Die Hautprobleme kamen immer in Schüben und wurden von
immer dünner werdendem Fell begleitet.
Die Nachfrage bei unserer Tierärztin im Sommer entlockte ihr
nur die lapidare Aussage, dass es sich wohl um einen Pollenallergiker handele, wir sollten doch einfach mal einen Blick in den
Pollenkalender werfen. Haben wir auch gemacht und alle möglichen Tipps von der Ärztin oder dem Netz befolgt. Nach dem Garten mit einem Apfelessig-Wasser-Gemisch oder nur mit Wasser
abwaschen, Hautpflege mit diversen Mittelchen und so weiter.
Geholfen hat nichts!

Anstatt im Herbst Winterfell zu bekommen, mussten wir schon
bei unter 10 °C daran denken unseren, partiell an einen
Nacktmull erinnernden Hund in ein Mäntelchen einzupacken,
ansonsten ging immer das große Zittern los.
Der kleine schwarze Listenhund besitzt mehr „Oberbekleidung",
als so mancher Mensch und natürlich möchte ich die, von mir
selbst gestrickten (und standesgemäß mit Totenköpfen verzierten)
Modelle nicht unerwähnt lassen.

Auch im Herbst und Winter wurden die Symptome der „Pollenallergie" nicht besser und wir hatten noch das Äußere unseres Hundes aus der Tierheim- und Anfangszeit im Hinterkopf. Was hat sein Erscheinungsbild so verändert?

> Futtermittelallergie… eher nicht, getestet + umgestellte Nahrung
> Futtermilben… Behältnisse ausgetauscht, peinlichste Sauberkeit
> Hausstaubmilben… Kuscheldecken alles aus Frottee 90°C waschbar, Staubsaugen etc.

Chemische Reaktionen, ausgelöst durch den Kastrationschip? Fehlendes Testosteron?
Laut Hersteller kann eine Veränderung des Haarkleides auftreten, aber ist damit auch der partielle Verlust desselben gemeint? Auch eine Gewichtszunahme ist wahrscheinlich, bei uns ist das definitiv nicht eingetreten. „Zum Glück" kann ein, außerhalb des eigenen Zuhauses, massiv gestresster, angespannter und zappeliger Hund auch nicht wirklich zunehmen.
Das Resümee dieser über ein Jahr andauernden Phase ist frustrierend und wir werden den 2. Chip auslaufen lassen.
Die zu Beginn positiven Erfahrungen sind eindeutig gekippt und der Hund ist nicht „ruhiger" geworden, sondern ambivalenter.

Angst

Das Verhalten gegenüber anderen Hunden ist immer noch schwierig, wird gefühlt stetig immer schwankender und unser Hund ist deutlich unsicherer gegenüber Hunden und fremden

Menschen (insbesondere Männern) geworden. Der tägliche Spießrutenlauf auf der Straße kostet Nerven, tut weh, weil man das Tier sehr liebgewonnen hat und sich darüber ärgert, ihm so einen Mist angetan zu haben.
Die Rückschläge häufen sich im Vergleich zur Anfangszeit des Chips und an einem Tag scheinen alle Erziehungsmaßnahmen von Helios perfekt umgesetzt zu werden, am nächsten Tag kann die Situation wieder eine völlig andere sein.

Wir haben uns entschieden und werden das volle Risiko des Hormoninfernos eingehen, denn einen spärlich befellten Angstbeißer möchte kein Mensch an der Leine haben.
Theoretisch führen wir einen American Staffordshire Terrier in der Gegend spazieren. Ein gut sozialisiertes Tier kann Stärke und entspannte Ignoranz beweisen und die, ich sage einmal, fast legendäre Ruhe dieser Hunderasse, würde keine Eskalation wegen Nichtigkeiten auf der Straße hervorrufen.
Wir waren mit unserem Vorgängerhund in dieser Beziehung extrem verwöhnt und mussten leidvolle Erfahrungen mit dem total gegenteiligen Verhalten sammeln, denn leider hat einem der Blick auf den eigenen Hund fast tagtäglich ein anderes Bild gezeigt.

Die Angst bei Hunden kann vielfältige Auslöser haben.

In der Fachliteratur tauchen immer wiederkehrende Problematiken der Ursachen auf.

Der Kommentar der Halter steht kursiv dahinter!

> Entwicklungsstörungen durch fehlende Umweltreize in der Aufzucht - *kurz gesagt schlecht sozialisiert... passt!*
> Misshandlung durch Menschen - *z.B. Hand von oben bei fremden Menschen bedeutet schlagen... passt!*

> Genetische Faktoren - Verpaarung unsicherer und ängstlicher Hunde! *Helios ist laut Rassegutachten mindestens in der vierten Generation reinrassig und kommt definitiv aus der Zucht eines geldgeilen Vermehrers... passt!*

> Traumatische Erlebnisse - *schwer verletzt zerbissen und zum Sterben irgendwo angebunden... passt!*

Prima, so wie sich das für uns darstellt, haben wir einen Volltreffer gelandet und nach Aussage so mancher Fachleute (und unserer stetig wachsenden Erfahrung) in dieser Geschichte treffen mehr oder weniger alle Punkte zu. Spätestens jetzt wissen wir warum dieser „Jackpot" uns in dem Tierheim eine Spende und nicht die übliche Schutzgebühr gekostet hat.

Bei der gänzlich unbekannten Vorgeschichte unseres adoptierten „Kampfhundes" aus zweifelhaften Quellen und gezeichnet durch ein verantwortungsloses, oder besser gesagt, kriminelles Verhalten seiner ehemaligen Halter, können wir uns glücklich schätzen, ein (zu 100 % im häuslichen Umfeld) so bezauberndes und liebes Tier aufgenommen zu haben.
Die Außenwelt lässt diese arme Kreatur allerdings deutlich anders wirken.
Sein Gesicht ist dauerhaft in Falten gelegt und die Augen sind meistens schreckgeweitet und harren der furchtbaren Dinge, die so im Umfeld eventuell stattfinden könnten.
Jede noch so kleine Auffälligkeit wird mit ängstlicher Aufmerksamkeit erschreckt zur Kenntnis genommen.
Alles Fremde scheint latent gefährlich und der Radius der Gassigänge hat sich kontinuierlich verringert, um bestimmte Stressfaktoren einfach ausschalten zu können. Die Entwicklung war und ist sehr traurig und nur wenige erfahrene Hundehalter können oder wollen erkennen, unter welchem grausamen Druck unser

Hund ständig steht.

Natürlich gibt es auch immer mehr gute Tage und gepflegtes Ignorieren mancher Vierbeiner, aber immer wieder auch Ausfälle, bei denen man froh ist, einen doppelt angeleinten Hund zu führen. Immerhin wächst die Anzahl der Spielkameradinnen im Viertel und so ein Ekelpaket kann unser kleiner Listi dann doch nicht sein, wenn immer mehr Mädels seinem Charme erliegen. Den hat er definitiv und muss nur lernen, wie man seine Reize auch gekonnt einsetzt.

Das erneute Setzen des Chips war ein Fehler.

Die chemische Kastration, ebenso wie die „Richtige", wird von vielen Tierärzten bei ängstlichen und traumatisierten Tieren obligatorisch abgelehnt, aber wir mussten die negativen Konsequenzen am eigenen Leib, bzw. dem des Hundes erfahren.

Unser Dank diesbezüglich geht auch speziell an unsere noch aktuelle Tierärztin, die anstatt uns fachgerecht zu beraten, lieber die eigenen Anekdoten mit gefährlichen Hunden feilgeboten hat. Es enttäuscht nicht einfach, sondern hat schwerwiegende Konsequenzen, wenn man zu oberflächlich beraten wird und es stellt sich die Frage, ob wir zu blöd sind für das ganze Unterfangen oder die Nebenwirkungen des Kastrationschips bei ängstlichen Hunden noch nicht überall angekommen sind.

Spielen und Training

Unser vierbeiniger Ausnahmezustand durfte wohl nie in seinem vorherigen Leben kennenlernen, wie ein normaler Hund einfach nur spielt. Die Stofftierchen in seiner kuscheligen Hundehütte in der Wohnung hat er größtenteils vor seinen Aggressionen verschont. Bei kleineren Anfällen konnte das jeweilige Opfer von mir wieder mit Nadel und Faden zusammen- geflickt werden und hat somit anscheinend, in seinen Augen, einen besonderen Status erhalten und war von nun an „save". Im Garten hingegen wurde monatelang das Spielzeug im Sekundentakt gerüttelt, geschüttelt und zerbissen.

Dieser Hund hat einfach nur als Zerstörer fungiert.

Nach jedem Spaziergang am Nachmittag haben wir zum Austoben in den Garten gewechselt, da das Spiel mit anderen Hunden fast nie unseren Alltag bereichert hat.

Solche Treffen waren quasi ein seltener Glücksfall und wenn uns mal ein passendes Hundemädel über den Weg gelaufen ist, war richtiges Spielen nach Staff-Art angesagt. Tonlos, mächtig gefährlich aussehend und mit einer brachial anmutenden Gewalt, dabei aber in Wirklichkeit total friedlich und mit zwei sehr fröhlich agierenden Vierbeinern.

Wir hatten nie so richtig viele tolle Begegnungen, mit Rüden gab es die bekannten Probleme, außer mit sehr entspannten und erfahrenen älteren Kalibern, aber die haben oft keine Lust mehr so richtig wild zu spielen.

Kleine Hunde sind für grobmotorische Kraftpakete eher ungeeignet und zu Beginn hat so manches zierliches Hundemädel den festen Stand verloren und wir waren in schwerer Erklärungsnot.

Das war dann die Art von Begegnung, die einmalig stattfindet und danach gibt es auf der Menschenseite die Vermeidung oder gegebenenfalls totale Verachtung.

Es ist übrigens unglaublich, in was für einen Strudel von Rechtfertigungen man so reinrutscht, wenn Frau oder Mann tagtäglich so ein Tier an der Leine führt und „der Kampfhund" sich augenscheinlich noch immer nicht gesellschaftskonform verhält.

Leute, ihr habt zum Teil auch ganz schöne Mistviecher am anderen Ende der ausgefahrenen Flex, aber darüber spricht keiner oder regt sich publikumswirksam auf.

Mit unserem Hund gerät man sehr schnell in das Visier anderer Zeitgenossen, seien es andere Hundehalter oder auch angeekelte Passanten, die alleine das Äußere des Hundes sichtlich anwidert.

Sei es, weil diese Menschen diverse Phobien haben oder fleißig die negativen Pressemeldungen verschlingen.

Glücklicherweise gibt es nicht sehr viele solcher Meldungen, gemessen an der Anzahl der offiziell oder auch illegal gehaltenen Anlagenhunde, aber auch wenn „normale" Hunde zugebissen haben, werden publikumswirksam ständig Archivbilder von Listenhunden verwendet.

Immer wieder gerne taucht in diesem Zusammenhang der längst verstorbene oder besser gesagt eingeschläferte, Chico aus Hannover auf.

Der erste Eindruck zählt und manchem bleibt vielleicht nur dieses Bild im Kopf, ohne im nachfolgenden Artikel überhaupt gelesen zu haben.

Die letzten Beißvorfälle in unserer Stadt oder im Kreis wurden von freilaufenden Hunden der Rassen Riesenschnauzer, Rauhaardackel oder Shepherd-Mischling begangen und die Rassen wurden nur deshalb explizit genannt, weil das jeweilige Frauchen oder Herrchen sich mitsamt Hund unerlaubt vom Tatort oder besser dem Opfer entfernt hatten, ohne sich um die Folgen der Attacke zu kümmern.

Jedenfalls ist der Garten der Fluchtort seit Monaten, Helios ist frei, kann mal richtig die Sau rauslassen und einfach nur Hund sein.

Unser Garten ist nicht wirklich groß, eher ein Schlauch mit zwei großen alten Bäumen und viel buntem Grünzeug am Rand. Eine prächtige Hanfpalme, ein paar Töpfe mit Tomaten, ein Mini Hochbeet und einem recht spartanischen Rasen, bestehend aus Moos, Löwenzahn und Gänseblümchen. Ganz klar, da ist es auch schon wurscht, wenn die tagtäglich rasenden Hundepfoten das spärliche Grün solange vertikutieren, besser malträtieren, bis partiell nur noch die blanke Erde vorhanden ist. Egal, dem Hund macht es unglaublichen Spaß, dem Bällchen oder sonstigem Spielzeug hinterher zu rennen und das Wichtigste ist:

Er hat gelernt zu spielen.

Das Spielzeug, welcher Art auch immer, wird einem im Sekundentakt wieder vor die Füße gelegt, mit der unmissverständlichen visuellen Kommunikation des Hundes.
Schmeiß das Ding!

Nicht mehr Zerstörung, sondern Spiel ist angesagt und sämtliche Aktionen beiderseits basieren auf permanenten Blickkontakt und von der Menschenseite her mit einer stillschweigenden Geste der Hand: „Warte, ich bin dran und werfe".
Das ist übrigens extrem wichtig, denn schließlich soll so ein Spielwütiger seine Leute bitte weiterhin unversehrt belassen und nicht versehentlich, im Spielzeugwahn, die Anzahl der Fingerglieder reduzieren.
Dieses Agieren im Garten hat uns unglaublich viel gebracht.
Der Hund ist nicht nur viel ausgeglichener, sondern auch die Kommunikationsebene hat sich verändert. Blicke und Gesten sind viel bedeutsamer zwischen uns und dem Tier geworden und werden vom Hund einfach besser angenommen, als jeder dumpf daher gesagte Befehl.
Man hat es schon so oft gehört, „das Spiel verstärkt die Bindung zwischen Mensch und Tier" und verdammt noch mal, es stimmt.
Spiel, Spaß, Vertrauen und nonverbale Kommunikation haben letztendlich dazu geführt, dass sich unser Zugang zu Helios stark verbessert hat. Irgendwann hat sich bei uns zusätzlich auch das tägliche Spielen und Training im Wohnzimmer durchgesetzt.
Die ungemütlichen Herbst- und Wintermonate mit dem alltäglichen grau und ordentlich Regen machen den unbewachsenen Matsch im Garten nicht mehr so attraktiv.
Ein dicker und gemütlicher Teppich auf dem, zugegeben sowieso schon stark durch hündische Fehlleistungen lädierten Parkettboden, wirkt nicht nur schön und dient zum Kaschieren der Flecken, sondern lädt auch zum Spielen ein.
Natürlich auch zum Wälzen und Rangeln oder zum Welpen Training.
Wieso ein Training für junge Hunde?

Weil unserer in seinen jungen Jahren nichts gelernt hat, dement-sprechend einen riesigen Nachholbedarf hat und sich riesig an den Übungen erfreut und dabei mächtig stolz auf seine Leistungen zu sein scheint.

Helios ist beim Erlernen von Tricks und Befehlen unglaublich schlau und lernfähig und im Vergleich zu seinem Vorgänger schon fast ein kleiner Einstein.

Das scheint aber an unserem Raumklima oder wahlweise an dem Flair unseres Gartens zu liegen, denn auf der Straße wird das er-lernte Wohlverhalten gerne sofort wieder vergessen, beziehungsweise ad absurdum geführt.

Die Übungen sollen Erleichterung auf der Straße bringen und auch wir Leute auf der anderen Seite der Leine wollen von mehr Konzentrationsfähigkeit und intensiveren Blickkontakten profitieren.

Leider hapert es phasenweise noch gewaltig an der Umsetzung, obwohl es auch Lichtblicke gibt.

Und da ist es wieder, das leidige Thema der Ungeduld, gepaart mit einem fetten Stück Pessimismus.

Online Shopping

Es gibt Leute, die es einfach lieben online zu shoppen.

Ich gehöre zu 100% dazu, weil ich so manche Shops seit Ewigkeiten vertrauensvoll aufsuche, so gut wie nie etwas zurückschicke und manche Läden im „richtigen" Leben einfach grauenvoll finde, weil mich viele Leute und die entsprechenden Duftnoten in den Umkleidekabinen einfach nicht wirklich zum Konsumverhalten animieren.

Außerdem ist es einfach so herrlich gemütlich auf der Couch.

So, was hat das jetzt mit dem Hund zu tun? Ganz viel, denn dieser arme und recht unbedarfte Kerl hatte eine riesen Angst vor fremden Dingen. Dazu hat nicht nur die Zeitung gehört, sondern jede Art von Kartons. Die sind bei uns halt einfach regelmäßig eingetrudelt und haben alleine durch ihre Anwesenheit für Panik gesorgt. Was tun? Ganz einfach! Die Sachen fröhlich auspacken, die Stimmungslage dabei ist sowieso sehr positiv (kleines Weihnachtsfest für den Alltag) und den Hund danach in die Müllentsorgung einbinden.

Helios hatte, wie bereits beschrieben, eine große Unsicherheit vor unbekannten Gegenständen, aber dieses Problem haben wir recht schnell gelöst. Er ist sehr aktiv von uns in das Zerlegen und Zerkleinern der Kartonagen einbezogen worden, hat ihm einen riesen Spaß gemacht und er verlor vor diesen Dingern jegliche Angst. Wenn jetzt ein Paket zum Auspacken ansteht, müssen wir ihn zurückhalten, aber was nach der „Freigabe des Objekts" vom Hundemaul bearbeitet wurde und dann ins Altpapier wanderte, ist perfekt und sehr genussvoll von ihm zerlegt worden.
Ein Plus für den Hund und für die Öko-Bilanz.
Kaum jemand trennt so perfekt und die Papiertonne wird mit (fein von Hundezähnchen geschreddertem Material) gefüllt.

Da bleibt auch noch ganz viel Platz für das Altpapier der Nachbarn.

Gassigänge

Unsere Spaziergänge sind wie eh und je durchwachsen, aber es gibt neben den guten Kontakten die durchaus unschönen Erlebnisse. Das Wie und Warum liegt manchmal am Wetter, an hormonellen Schwankungen oder sonstigem Nonsens, den man sich einbildet. Wer in Erklärungsnot gerät, entwickelt auch wieder Modelle, um nicht komplett zu verzweifeln.
Nach einem guten Jahr hat sich aber ein Schema entwickelt und

die Dynamik der Hundebegegnungen ist nicht wirklich nur abhängig von den jeweiligen Hunden, sondern von dem Habitus der Halter.

Es gibt die „Entspannten", da klappt es auch mit den Vierbeinern. Diese Begegnungen müssen nicht immer toll sein oder die große Liebe zwischen den Hunden, aber ein gepflegtes Ignorieren ist auch nicht zu unterschätzen.

Die Vorgeschichte unseres Hundes ist, wie bereits beschrieben, gänzlich unbekannt.

Durch das extrem dünne und durchscheinende Fell kann man die unzähligen größeren und kleineren Narben erkennen und macht sich so seine Gedanken, warum er so unterschiedlich auf andere Hunde reagiert. Helios hat prinzipiell ein Problem mit starrenden Hunden und dabei recht unbeweglicher Mimik.

Er scheint immer den Angriff zu erwarten und entscheidet sich dann eher für den Präventivschlag, wenn er denn dürfte.

Möpse, Huskies und französische Bulldoggen meiden wir, aufgrund wenig positiver Erfahrungen, vorerst lieber wie der Teufel das Weihwasser.

Wir Hundemenschen reden ja gerne mal mit unseren Tieren, manche auch viel zu viel, aber wie erkläre ich es meinem Hund, mit dem augenscheinlich eher rudimentären Sozialverhalten, das das befellte Wesen, welches soeben urplötzlich an der Straßenecke aufgetaucht ist, ein ganz normaler Hund ist.

Und wie mache ich ihm begreiflich, dass hervorquellende Glupschaugen, der starrende Blick und die aufgerichteten Ohren rassetypisch sind und nicht gleich Angriff bedeuten?

Ich kenne selbstverständlich die Antwort… gar nicht!

Wir brauchen positive Erlebnisse, aber die lassen eindeutig auf sich warten.

Die meisten Treffen kommen sowieso unfreiwillig zustande, aber es gibt die eindeutig unsäglichen. Zum Beispiel wenn Mann und freilaufender Hund wie die Salzsäulen im Park herumstehen und starren, was das Zeug hält, kann es sehr unangenehm werden.

So richtig übel wird es aber erst, wenn der Typ „John Wayne"
(stark gealtert) breitbeinig dasteht, an seinem Verdampfer nuckelt
und sich sichtbar an unserem, sich übel aufspielenden Hund, erfreut. Ich empfinde so ein Verhalten als Dog TV der perversen
Art, live und in Farbe und man kann sich offen an dem Elend
anderer weiden.

Den eigenen Hund muss man innerstädtisch sowieso nicht anleinen (geschweige denn die Hinterlassenschaften beseitigen), sondern Mensch bezieht die Stärke gerne mal aus dem Freiheitsge-
danken und so nebenbei aus der hoch erhobenen Rute des eigenen Köters.
Man denkt sich „verdammt Du Idiot, geh doch einfach weiter",
wenn der Fluchtweg durch eine vielbefahrene Straße extrem er-
schwert bzw. abgeschnitten wird und der eigene Vierbeiner wie
wahnsinnig in die Richtung zerrt, aber nichts passiert.
Rücksichtnahme unter Hundehaltern wäre doch manchmal eigentlich ganz schön.
Dieser Mensch hat sichtbar Freude an dem außer Rand und Band
geratenen kleinen Listenhund und ist wahrscheinlich stolz auf
sein eigenes wohlgeratenes Tier und Herrchens super Erziehung.
Ich würde gerne eine Gegenfrage stellen, hast Du Dir Dein Tier
auch aus dem Tierschutz geholt und versuchst tagtäglich das aus-
zubügeln, was andere Menschen diesem Tier Schreckliches angetan haben?
Übrigens hätte ich diese nette Anekdote nicht zum Besten gegeben, wenn sie sich nicht innerhalb einer Woche zum dritten Mal
wiederholt hätte, natürlich jeweils an nahezu den gleichen örtlichen Gegebenheiten. Resümee: Geh' andere Wege, ist besser so.
Habe ich übrigens gemacht und dieses Mensch-Hund-Gespann
nur noch aus der Ferne beobachtet und dabei festgestellt, dass ich
dieses Hundemädel bereits in dem Alter von 8 Wochen kennenlernen durfte, ganz frisch vom Züchter gekauft.
Ich möchte meine Nerven gerne bei solchen Erfahrungen scho-
nen, die brauche ich noch für andere Dinge.

Ja, es gibt auch noch ein Leben vor, nach und zwischen den Gassigängen, sprich Arbeit und Alltag, Hobbys usw.

Also sollte man tief durchatmen, die Wut runterschlucken und einfach (wenigstens halbwegs entspannt) weiter des Weges ziehen.

Eine weitere Diskriminierung

Einen Listenhund zu halten ist in Hessen mit einigen bürokratischen Hindernissen verbunden, das ist hinreichend bekannt.
Wer sich so einen Hund legal anschafft, weiß Bescheid und lässt sich auf das bürokratische Mahlwerk ein. Das ist ein privates Problem, aber was ist, wenn sich im Nachhinein Dinge herauskristallisieren, über die man vorher nicht nachdenken musste.
Unser Hund ist saumäßig oder zumindest nur sehr unzulänglich sozialisiert.
Wir kennen viele Beispiele aus unserem sozialen „Mensch mit Hund" Umfeld, bei denen ein Zweithund dem ängstlichen Tier helfen konnte.
Uns steht diese Option natürlich auch offen, aber ein einzelner Gassigeher darf mit einem Anlagenhund keinen zweiten Hund führen, um dem „gefährlichen" Tier die volle Aufmerksamkeit schenken zu können.
Ob es sich bei dem Zweithund um einen Listenhund oder einen Hund irgendeiner anderen Rasse handelt, ist nicht relevant.
Bei zwei Berufstätigen wechseln sich die täglichen Spaziergänge ab, im Schnitt zwei Stunden pro Tag. Bei zwei Hunden wären das schon 4 Stunden und ein potentieller Zweithund könnte natürlich keine Sicherheit beim Zusammentreffen mit Hunden geben, außer vielleicht mal am Wochenende, wenn ein gemeinsamer Gang mit zwei Hundeführern möglich wäre.

Einfach grotesk und wieder einmal nicht nachvollziehbar, warum solch eine Regelung speziell diese Rassen betrifft.

Unsicherheit und Körpersprache

Die Zeit vergeht und wir machen keine so großen für uns spür- und sichtbaren Fortschritte mehr.

Helios trägt seit guten fünf Monaten den zweiten Kastrationschip in sich und hat neben den körperlichen Veränderungen, wie Haarausfall, blanken Stellen an den Flanken, am Bauch und zwischen den Beinen und immer wiederkehrenden Pusteln, auch immer mehr unter Unsicherheit, bzw. Ängstlichkeit zu leiden.

Auf der Straße können wir ihm anscheinend keine Sicherheit (mehr) geben. Die Blicke des Tieres gehen stetig angestrengt und mit sehr großen Augen in alle Richtungen. Natürlich auch nach hinten, es könnte sich ja schließlich irgendeiner anschleichen und urplötzlich zuschlagen. Dieser Zustand hat inzwischen auch Auswirkungen auf die „sichere" Wohnung, die ihm bisher Geborgenheit vermittelt hat.

Der eigentlich schon längst etablierte und akzeptierte Staubsauger sorgt wieder für Schreckmomente, geduckte Körperhaltung und Flucht vor dem Teil.

Das weiß geflieste Badezimmer und die Gefährlichkeit der hinterlistigen Badewanne möchte ich in diesem Zuge nur am Rande erwähnen.

Herunterfallende Gegenstände, eine Jacke, die vom Bügel rutscht und die üblichen ungewöhnlichen Geräusche, die man als tollpatschiger Mensch ab und an verursacht erschrecken Helios. Er bellt fast nie in den eigenen vier Wänden, aber das Ausmaß seines Erschreckens ist an den Augen, Ohren oder sogar am Zittern zu erkennen.

Die stark verbesserte Leinenführigkeit ist, bis auf die steten Korrekturversuche, wieder zur täglichen Zerrerei geworden, kräfteraubend und nervenzehrend.

Vor einigen Monaten wurden wir von einigen Hundehaltern gelobt, wie toll unser Hund doch inzwischen an der Leine laufen kann, aber das ist leider hinfällig geworden.

Auch die idiotischen Ausbrüche fremden oder ihm anscheinend irgendwie suspekten Hunden gegenüber häufen sich, egal ob Hündin oder Rüde. Das ist definitiv eine neue Dimension, die wir da erreicht haben.

Diese Verhaltensweisen unterliegen allerdings starken Schwankungen. An manchen Tagen passiert nichts, an anderen kann auch ein älterer sehr entspannter Labrador zum Ziel eines Ausbruchs werden, der sich dermaßen vehement gestaltet, dass es schwierig wird, selbst auf den Beinen zu bleiben und nicht im Rinnstein zu landen.

Die Körpersprache unseres Vierbeiners ist nicht besonders stark ausgeprägt und man muss auf die kleinen Zeichen achten. Die Rute wird bei Angst nicht eingeklemmt und im Gegenzug auch niemals steil aufgerichtet.

Durch den starken Haarausfall ist uns dort eine alte Verletzung aufgefallen, aber keine Ahnung, ob diese „Funktionsstörung" daran liegt? Unser Hund gibt keinerlei Warnung in Form von Knurren oder Zähne blecken ab und aufgestelltes Fell kann, bedingt durch das ständige Tragen der Mäntelchen, auch nicht gesehen werden.

Dafür sprechen bei ihm die versteifte Körperhaltung und die weit aufgerissenen Augen, gepaart mit der gerunzelten Stirn Bände. Wozu Drohgebärden einsetzen, wenn Hund lieber, aus purer Angst, ohne Vorwarnung den Präventivschlag ansetzen würde, wenn er denn könnte.

Wir haben uns zwischenzeitlich viel Wissen rund um den Kastrationschip angelesen, sind zum Teil fassungslos darüber, dass wir auf so ein Produkt, ohne eine Medikamentenfreigabe und Langzeitstudien, hereingefallen sind (mit tierärztlicher Hilfestellung).

Man muss allerdings dazu anmerken, dass dieses Präparat, laut Herstellerangabe, nicht an unsichere und ängstliche Hunde verabreicht werden sollte, leider haben wir vorher kein psychologisches Gutachten anfertigen lassen und waren uns der Tragweite seiner Störungen nicht so ganz bewusst.
Immerhin positiv gesehen: Wir haben unseren Hund nicht operativ kastrieren lassen und ihm somit keinen unwiederbringlichen Schaden zugefügt.
Jetzt müssen wir halt da durch und hoffen, dass auch die fröhlichen Seiten von Hundebegegnungen wieder vermehrt auftreten.
Wir wünschen uns wieder ein ungestümes Kraftpaket zurück, welches auch mal ganz plump, fast ein wenig brachial anmutend, zum Spielen auffordert, zwar eine Wildsau ist, aber nicht mehr so extrem unberechenbar.

Wir müssen ihm verstärkt unsere Erziehung angedeihen lassen und diesmal ohne Chemie und merkwürdige Hilfsmittelchen.
Die passende Hundeschule und der entsprechende Kurs sind auch schon gefunden, aber dazu muss das Tier zu seinem ursprünglichen Zustand zurückkommen und dann fängt ein Teil der Arbeit wieder von vorne an.

Unser Helios ist kein dummer Hund und wird bereits Erlerntes in entspanntem Zustand sicherlich besser abrufen und anwenden können. Man sollte die Hoffnung niemals aufgeben!

Stresshormone vs. Testosteron?

Es tut sich etwas. Nach einem guten halben Jahr mit Chip Nr.2 scheinen die ersten Veränderungen zu passieren.
Ganz langsam, mit einem steten Hin- und Her über Wochen.

Mal wachsen die Trockenpflaumen zwischen den Beinen zu fast normaler Größe, um sich tags darauf wieder in Dörrobst zu verwandeln. Die Pusteln am Körper werden weniger, trocknen aus und bleiben dann hoffentlich auch bald gänzlich aus.

Helios hat sich einige Tage lang wie ein kleines Kind beim abendlichen „ins Bett bringen" benommen.

Er hatte nie Probleme damit, sondern sich immer wohlig grunzend einkuscheln (und jawohl… zudecken) lassen.

Zwischenzeitlich ist er tagelang regelmäßig wieder aufgestanden, um herumzulaufen und vor der, immer leicht geöffneten Schlafzimmertüre, herzerweichend zu seufzen.

Beim ersten Mal bin ich natürlich aufgestanden und nachdem das erneute Ablegen nicht geklappt hat, mitten in der saukalten Nacht Gassi gegangen. Ein bisschen Pipi und ein kleines Häufchen waren das Ergebnis und definitiv nicht der Auslöser für diese Aktion.

Die folgenden Abende regelmäßig das gleiche Spiel, allerdings ohne Gassi. Zwei bis fünf Mal zurück ins Hundebett bringen, irgendwann mit leicht verschärftem Ton und gut war's.

Ihn hat anscheinend irgendeine Unruhe gequält.

Die Spaziergänge sind noch mehr Schwankungen unterworfen als bisher, mal hat man gefühlt eine Feder an der Leine und dann wieder einen Bulldozer im Arbeitsmodus.

Dieser hormonelle Umstellungsprozess dauert sichtlich viel länger, als beschrieben und ist der pure Stress für beide Seiten der Couch bzw. der Leine.

Testosteron vs. Stresshormone?

Testosteron klingt immer so nach übertriebener Männlichkeit, Machismo, Machtgehabe und dominantem Verhalten.
Bei dem kleinsten Fauxpas eines unkastrierten Rüden wird das Sexualhormon gerne dafür verantwortlich gemacht.

Das Fehlen desselben kann auch ursächlich für viele Probleme sein und das durften wir wirklich zur Genüge feststellen.
Nun scheint sich durch die Hormonumstellung so einiges zum Positiven zu wenden.
Helios legt ganz langsam, aber dafür stetig, immer mehr von seinem gestressten Verhalten auf der Straße ab.
Nicht jeder Spaziergang ist die Wucht, aber der Zug an der Leine ist kein Dauerzustand mehr, sondern weicht oftmals einem entspannten Laufen und viel Schnüffelei.
Der Faltenwurf der Stirn und die aufgerissenen Augen des „Sichtjägers", der immer im Lauer-Modus zu sein scheint, werden seltener.
Bei anderen Hunden nicht mehr total auszuflippen und bei menschlichen Begegnungen weniger Angst zu zeigen, sind für uns ein riesen Erfolg.
Diese Entwicklung gibt Hoffnung und stimmt fröhlich.
Fröhliche Menschen am anderen Ende der Leine stecken wiederum den Hund an und das ist die tollste positive Bestärkung, die sich der Vierbeiner wünschen kann.
Wir hätten diese Wesensveränderung bestimmt früher haben können, wenn bei uns von Beginn an mehr Geduld auf dem Plan gestanden hätte.
Chemie, in Form von diversen Medikamenten zum Beruhigen des Hundes oder einer nachempfundenen Kastration macht keinen Sinn, um ein schwer traumatisiertes Tier ins Leben zurück zu bringen.
Wir haben eine Menge Fehler gemacht und daraus gelernt.

Jede Hundeparty mit den Hundemädels aus dem Viertel, jedes Ignorieren von Rüden und jede entspannte Kontaktaufnahme mit Zweibeinern zeigt uns, dass wir inzwischen den richtigen Weg eingeschlagen haben.
Der ist unzweifelhaft noch verdammt lange und bestimmt mit vielen Wackern, Steinen und Kieseln gesät, aber machbar...

Parole: Niemals aufgeben

Zeitfracht Medien GmbH
Ferdinand-Jühlke-Straße 7
99095 Erfurt, Deutschland
produktsicherheit@kolibri360.de